KB070988

모든 꽃은 예언이다

함기석

시인의 말

비는 계속되고 나는 또
언제 돌아올지 모르는 먼 길을 나선다

2023년 가을
함기석

모든 꽃은 예언이다

차례

2부 서쪽에 쓰는 편지

3부 발목만 남은 눈사람

4부 나는 영원히 시인이 되지 못할 것이다

해설

1부
숯의 영혼

나팔꽃

밤사이 담을 넘어왔다
나팔꽃 일가족

아 어쩌나, 저 연분홍 밀입국자들

밤새 강을 헤엄쳐 온 걸까
제3국 거쳐 오늘 아침에 도착한

두근두근 불안한
어린 나팔꽃 심장 뛰는 소리

김치전

관광객 둘이 마주 앉아 먹고 있다

바삭바삭 아 뜨거!
야금야금 오 맛있어!

아래쪽 궁둥이부터 게걸스레 먹어 치우는
포크 든 미국인이랑

위쪽 정수리부터 냠냠 파먹는
젓가락 든 중국인이랑

볕 좋은 봄날, 오동나무 그늘 평상에서
흰 접시까지 먹고 있다

뜨거운 김치전戰

봄이 와서

청주 공단 화학 공장 앞 도로 따라
노조 플래카드들이 어깨 걸고
시위 중이다

갓길 걸으며 풀들도 꽃들도
푸른색 노란색 빨간색 리본 두르고
시위 중이고

벚나무 살구나무 이팝나무
손마다 하얀 피켓 들고 구호 외치며
시위 중인데

나중일 씨, 독한 화학약품 냄새에 절어
간장 속의 게처럼
오늘도 찍소리 한번 못 하고

마이크로 병원

갈색 새 한 마리, 활짝 핀 벚꽃나무 가지에
다친 손처럼 앉아 있다

병원 복도 끝에서 내 쪽으로
흰 먹물처럼 번져 드는 오후의 새 울음소리

새는 연신 부러진 날개를 푸덕거리고
바람에 꽃잎들 난다

봉합 수술을 기다리며 창밖만
하염없이 바라보는 방글라데시 청년 다카

절삭기에 손가락이 잘린
그의 젖은 눈이 곧 깨질 와인 유리잔 같아서

흔들리는 가지 위에서
숨죽인 채 그를 쳐다보는 수백 개의 흰 눈동자

나무 아래 작은 물웅덩이로
퐁당, 햇빛방울 떨어져 동심원을 그릴 때

입가에 번지는 잔물결 미소, 둥근 원이
남은 손가락에 낀 사랑의 링 반지 같아서

술병과 숯

술이 다 비워지자 술병은 조용히 쓰러졌다
택시 몰던 매형도 딱 그랬다

장례가 끝나고 또 한 계절이 끝나도
누나의 축축이 젖은 가슴은 마르지 않았다

달이 뜨는 밤이면 빈 술병에
한 방울 두 방울 그녀의 울음이 차올랐다

여름이 가고 다시 가을이 와
어느 외진 식당에서 우린 고기를 구웠다

내가 벌겋게 익은 살을 씹는 동안
누나는 자기 안의 질긴 슬픔을 씹고 씹었다

잠시 후, 그 뜨겁던 불판도 서늘히 식고
숯에서 검정이 다 빠져나갔다

그때 난 알았다 검정이 숯의 영혼이었음을
누난 아직 불붙은 한 덩이 숯임을

쉿

오전에 시 창작 강의하고
오후엔 인문학 강연하고 아이들 동시 수업하고

소금에 절여진 초저녁 배추가 되어
짜장면으로 허기진 배를 채우고 있는데

쉿! 살 마른 노모처럼 노을을 수혈 중인
창밖 흰머리 이팝나무

하늘 뒤편 아득히 먼 우주, 태고의 시냇가에서
내 가슴 빈 마당으로 짜장 면발처럼

당신 팔다리가 쩌릿쩌릿 저려 오는 것이다

쉿! 어둠에 까맣게 물들어 가는 저녁의 입가

사람의 입은 무덤, 말을 많이 한 날
나는 내가 죽은 것 같았다

감은 눈

마을회관 공터에 앉아
눈 감고 볕 쬐는 아흔둘 김주영 씨

손에 쥔 호두 두 알
갈라진 손금 따라 돌고 도는 기억

72년 전 낙동강 인근 다부원 전투에서
눈 뜨고 죽은 동생 김무영 씨

눈매 파르스름한
햇살이 흙 속 유골을 찾듯 붓질하는

저 감은 눈꺼풀 속은 영구 봉인된 매장지

빛 속의 앳된 얼굴 하나
영영 안식이 없는 영영 감기지 못하는

그늘 무늬

동백나무 그늘에 떨어진 작은 새
하늘이 우르르 내려와

꽃, 꽃, 꽃 아름다운 융단을 깔았다

쏟아지는 빨간 폭탄들
총성이 울고 개울 따라 피가 흘렀다

동백꽃 그늘에서
동백꽃 찢어진 그늘이 되어 버린 노인

파르르 떨고 있다
젖은 눈에 뿌리내린 70년 전 꽃그늘 속으로

B-29기가 날아왔다
포탄이 터졌다 비명이 터졌다

어린 북한군 병사였다가 포로가 된 사람

북천 태생 최병학 씨(90세)

동백나무 그늘에 떨어진 작은 새
유일한 형이었던

해바라기

검은 광목으로 눈을 가린 채
노란 해바라기들이 꽃밭에 세워져 있다

언덕 위 에덴 교회당에서
사랑의 종소리가 샘물처럼 흘러나오는

그날, 1950년 여름 토요일 아침

늘 돼지 도살장으로 향하던 군용 트럭이
사람들을 잔뜩 싣고 꽃놀이 갔다

안식일 만찬을 성대히 베풀어 준다는
부대장 말에 들뜬 아낙들 처녀들 노인들

7초 안에 해바라기 작전을 끝내라!
명령 직후, 7초간 총소리, 70년간 긴 침묵

밤눈

밤눈 내리고 있다
내일 사형 집행 예정인 무고한 사람

세 아이와 아내를 남겨 둔 그의 눈빛 닮은
순한 눈이 철없이 하염없이

감방 벽엔 손수 깎은 나무 십자가
가시 면류관 쓴 헐벗은 예수, 기린처럼 목이 긴

국가여, 이번 생을 당신과 함께해 미안하다
그럼 내내 참혹하소서

무등이왓*

비는 다 몰살당해 없고
죽순 닮은 빗소리만 몰래 싹트는 땅

밑창 헌 나라, 새벽하늘이 낮게 내려와
엉덩이 까고 된똥 누는 섬

밀리고 밀린 피 울음, 끙끙 창자 찢는 소리에
놀란 꿩이 푸드덕 날개 치면

난바다에 솟구친 파도가
눈알 희번덕거리다 그대로 숨 멈추는 곳

새봄마다 죽은 자의 입술 닮은 풀꽃들 피고
돌담 구멍마다 탕탕 빗소리 들이쳐도

올레길 따라 깔깔깔 사진만 찍는 사람들
그들 발밑에 짓눌려 기침하는 땅

풀들은 아직도 화염 속에서 활활 살이 타는데

* 제주도 서귀포 소재의 마을. 300년 전 관의 침탈을 피해 숨어든 화전민들이 모여 오순도순 살아가던 평화로운 마을로 1948년 4·3사건 당시 토벌대의 초토화 작전으로 주민 대부분이 화염 속에서 몰살됨.

고택에서

누런 치마 두른 감나무 아래
눈 감고 누워 여름 고별사 듣는 중인데

먹빛 낮잠 든 하늘에 코 고는 빗소리

아 차거, 벌떡 일어나 둘러보니
마당 가득 두런두런 초저녁 밥물 드는 소리

무야 나무야 감나무야
눈 젖은 사람들 옛 기억엔 벌레 먹은 감잎 몇

아 저 장난기 많은 노부부 연은
얼마나 깊고 깊어서 여태 젖지 않는 연못일까

이 갈라진 땅도 저랬으면……

빗소리 안쪽, 부엌에 홍두깨 남자 앞치마
뒤뜰에 여자 바가지 뒤통수

우리 시대의 시

시청광장에서 처형된 사형수다
그녀의 눈동자에 고인 12월의 밤하늘이고
목에 걸린 인조 목걸이다

육교 계단에서 추위에 떠는 고아들
녹슨 빗속을 최면 상태로 걸어가는 부랑자들이고
젖은 불빛이다

낮들이 활보하는 도시
거리엔 웃음 없는 무녀의 피가 떠돌고, 우리의 얼굴은
죽음이 화인火印으로 남긴 검은 판화들

잠들면 종이가 자객처럼 내 눈을 베는 소리 들리고
고열과 오한 사이에서 나의 펜은
눈물을 앓는 새

DMZ

가지 끝, 올해의 첫 꽃이 피었다

먼 백두산에서 깊은 수맥 타고 내려온
부음訃音 꽃등

켜졌다 나무의 흰 등에 알알이 적힌 빛의 문자들

뿌리는 검게 썩어들고 몸살처럼
어질어질한 눈빛, 꽃봉오리를 여는 저 살 끝이

허공의 명치고 젖꼭지다

두메양귀비 노란 꽃그늘이 해보다 깊고 환하니
사람의 손금이 맴도는 땅,

하늘로 가고 있다 상여 꽃상여 타는 물고기 떼

뒤에 아픈 치어 하나, 울고 울어

축축한 반도

아 이곳은 비무장지대, 여기를 벗어나면
우린 다시 무장지대에서

0416

배들이 일렁이며 어두운 물의 유언을 쓰고 있다

밤이면 파도는 일제히 고양이가 되어
방파제 쪽 내륙으로 달리고

자객처럼 달이 웃고 있다
칼집에서 하얀 국화꽃을 뽑아 들고

슬픈 에덴 바다, 한복판엔
웃는 아이들 얼굴이 주렁주렁 달린 사과나무

언덕 위, 집들이 낡은 휠체어에 앉아
실성한 노인처럼 웃는 곳

팽이처럼 목숨들이 돌고 돌아 검은 소沼가 되는 곳

팽목, 이곳에서 나의 눈은
마르고 말라 바닥이 쩍쩍 갈라지는 연옥 저수지

밤바람에 눈을 베이고 살을 베이고 혀를 베이고
수평선 끝, 거대한 풍차들이 돌고

이제 우리가 차디찬 불로 지상을 흐르며
해저처럼 울어야 할 차례

현대사

그녀 앞에만 서면
풍랑 치는 여름 밤바다처럼
귀가 불안하고 새벽바람 앞의 촛불처럼
맘이 아슬아슬 흔들리니

어찌해야 합니까?
어찌해야 제 마음이 잔잔한 물이 됩니까?
벼락 맞은 오동나무 등에 붙어
가지 끝 마지막 이파리에게 물으니

매미야, 마음을 가져오너라
마음을 가져오면
오동나무 관에 넣어 불 질러 태워 주마
그 재를 먹어라

먹었으나 먹을 입이 없습니다
찾긴 찾았느냐?
찾았으나 찾을 눈이 없습니다

그럼 울어라

그날 이후, 울기 시작했다
그녀를 찾아 떠도는 혼령을 찾아 없는 음을 찾아
땅에서 하늘에서 나무에서
낮에도 밤에도

국화꽃 한 송이 올리다
—고故 노무현 대통령을 추모하며

당신 지금 어디 있나요?
오늘 밤까지 당신께 이 시를 배달해야 해요
이 시는 작은 상자
상자 속엔 물새 눈동자, 나의 초콜릿 옥새

자정이 오기 전에 이 시를 당신께 배달해야 해요
이 시는 작은 어항, 노래하는 물
어린 물고기 별들이 헤엄치며 노는 어항
어항 속엔 기차, 저녁의 새소리가 들리는 과수원

나는 자전거 택배원
날마다 당신의 지붕 낮은 집 돌담을 달리던 사람
언젠가 당신이 건네준 따끈한 우유 한 잔 그 웃음 잊
지 못하는
이 시는 작은 모자, 노래하는 모자

당신 지금 어디 있나요?
이 시 속엔 당신과 본 마지막 들판, 노을빛 지평선

당신이 만년필로 그린 당나귀와 초원의 빛
장난감 하마와 덧니 난 구름과 앞니 빠진 해

그날 아침 당신이 벗어 놓고 떠난 신
그날 당신이 몸을 던진 벼랑, 깨진 몸 깨진 하늘
그날 아침부터 나는 눈먼 자전거
세상 모든 풍경이 음모의 꿈으로 보이는 비밀 상자

당신 지금 어느 하늘 묘역을 떠도나요?
어서 이 시를 당신께 배달하고 오월의 강물 속에 풍덩
나도 잠들고 싶은데, 아 당신 말씀처럼
강물은 바다를 포기하지 않습니다!

2부
서쪽에 쓰는 편지

오래

친구 아내가 췌장암 말기 판정을 받았다
냇가를 혼자 오래 걸었다

어쩌면 저 색색 예쁜 꽃망울들은 모두
꽃의 종양일지 몰라

걸을수록 길이 아프다
나도 혹시 아내 인생의 물혹 아닐까 싶어서

살구나무 아래 휠체어 하나
난소를 떼어낸 여자, 오래 냇물만 바라보고

물오리

얼어붙은 눈 호수다
먼 북에서 날아온 물오리 일가족

몸 들일 물자리 좁아 오종종댈 때
하늘은 서리 커튼처럼 허옇게 흔들리고

모닥불처럼 바짝 붙어
활활 체온 나누는 일곱 장작개비들

눈은 점점 쌓이고
얼음은 더 넓고 두껍게 퍼져 가는데

이제 어디로 가 사나?
저 어린 목숨들 파들파들 발이 시린데

무리에서 저만치 혼자 떨어진 어미 오리
날개 속에 젖은 목 푹 파묻은

언 울음 가슴에 차올라

쨍과리처럼 안으로 쟁쟁 우는

분꽃

꽃방에서, 누가 손목을 긋고 있다

노을 번진 붕대를
줄줄이 풀어내는 저녁 하늘, 살의 흉과 명 사이로

난 기나긴 시간 지평선

아침에 나가 보니
담 밑에 까맣게 떨어진, 둥근 알들

마침표.
마침표.
마침표.

새들이 쏟아져 나와 먼 들의 숲으로 날아가고 있다
붉은 모래 천리만리 깔린

공중이다 아이 셋

깔깔깔 종이비행기 날리며 놀고 까부는

처가에서

맨드라미 맨발이 외론 붉다
땅속 어둔 밤길을 얼마나 오래 혼자 걸었을까

군포 처갓집 작은 뜰, 등 굽은 여든일곱 그녀가
남편 사는 먼 하늘 바라보고 있다

주름진 목에 흰 거미줄처럼 감기는 봄 햇살
나는 눈 감고

살이라는 낱말, 거기 코를 대어 본다
옅은 살구 냄새가 딸아이 첫울음처럼 올라와

내 뺨에 속살 비비니, 아 누가 자꾸
그녀 아픈 몸에 숨 불어 넣어

꺼져 가는 불 살리고 있다
아가야~ 아가야~ 내 아가야~

낮게 속삭이며 그녀 흰 머릿결 한 올 쓸어 올리는데

스윽, 그녀 눈가의 눈물 꽃무늬
내 마른 눈 베어

장모

우물 속으로 두레박을 내렸다
빈 몸으로 내려가

출렁출렁 아기를 업고 나왔다

하관下棺 후
피어나는 새 꽃눈들

땅은 신의 눈동자보다 깊고 아름다운 산실이다

길가 이팝나무 여자들이 흰 살점 떼어
허공에 나누어 주는

안성 천변
두레박처럼 떠내려가는 아내의 눈물

아내의 잠꼬대

아내의 잠꼬대가 밤물결보다 아파서

책을 내려놓고 안경 벗고 머리맡으로 간다

긴 팔로 땅을 청진하는 버드나무 한의사처럼

아내 이마에 손 얹고 눈 감으니

저녁 해가 느릿느릿 고비사막을 지나가는 소리

아 깊고 푸른 모래 속을 헤엄쳐 가는

밍크고래 한 마리

산수유

까진 아내 무릎에 노란 물집 호수 생겼다
저 안집에 내 사랑하던

은비늘 물고기 살 텐데
내 숨 대신 햇빛과 연고가 먼저 문안드리니

꿈마저 살이 아픈 여자야
창밖 산수유 볼 보조개처럼 잠시 울음 멎고

가벼이 웃으며 실없이
샛노란 속살 방귀, 가지마다 팡팡 터트려 다오

늑골 아픈 셋방에 나 이제
환히 꽃 핀 산수유 한 그루 들이고 싶으니

무릎 속의 연못

어머니 무릎 속에 물새 소리
늙은 목수가 오동나무 대패질하는 소리

와병 중인 서녘 하늘엔
저녁이 붉은 자두처럼 천천히 물러가는 소리

614호 병실은 밀물 드는 갯벌
물새 몇 제 병 짊어지고 먼 벼랑길 돌아갈 때

한 꺼풀 한 꺼풀 깎여 나오는 파도
흰 나이테 소녀 얼굴, 애야 그만 가 봐 난 괜찮다니까

철부지 어린 밤이, 삐걱삐걱 세발자전거 타고
벚꽃 지는 연못가 맴도는 소리

자갈밭 둥지

어두운 자갈밭에 숨은 작은 둥지
아 벌린 새끼 새들의 입, 밤의 폐가 환하다

오래전 나도 저 둥근 자갈밭 움막에서 태어나
빗물 먹고 벌레 먹고 울고불고 파닥파닥……

말줄임표처럼 점점 기억이 말라 가는 사람

푸석푸석해진 뺨에 가만히 손 얹고 눈 감으니
달빛 속으로 찰랑찰랑 낮게 흘러가는 체온

손끝을 타고 올라와 툭 내 가슴을 치는
아 어머니 몸속 물숨 삭는 소리

여수

털 뽑혀 발개진
제 가슴살을 쪼며 새가 울고 있다

나무 밑엔 돌맹이처럼 언 새끼 새

자기 눈을 자기 발톱으로 후벼 파며
동백도 지고 있다

뚝뚝 눈밭에 떨어지는 붉은 꽃잎

스륵, 종이에 벤 살
꾹 누르면

여수 밤바다 아픈 물숨 소리

봄날

어머니 홀로 계신 시골집 수돗가에
허리 휜 포도나무 한 쌍

알알이 방방마다 새봄맞이 벽지를 바르고

아버지 가시고 어머니께 유산으로 남긴
라일락 향기 찔레꽃 향기

나비들이 착착 접어 어디론가 배달 나가고

마음 다 타 허한 앞마당이
나랑 앵두나무랑 뒷산을 끌어다 앉혀 놓고
한 잔 두 잔 막걸리 기울일 때

저 굽은 들길은 어디로 가는 외딴 문장이냐

눈썹 끝까지 낮술 걸치고 생전의 그처럼
나도 집도 담배 연기 내뿜으며

하늘 벼랑 끝 아버지 산다는
북극성 콧구멍 자리 곰곰 헤아려 보는데

따끔, 코끝을 찌르는 찔레꽃 향

오늘의 강연

백일홍이 먼저 왔다
또각또각 발목 가는 분홍 하이힐 신고

청주 식물대학 목련과 재학 중인
함박꽃도 걸어오고

대문가 접시꽃 숨소리 따라
아침 마당은 풍선껌처럼 커졌다 작아졌다

오전 10시, 아픈 몸 볕에 내어
눈 감고 침묵 강연을 시작하는 어머니

갓 젖 뗀 패랭이꽃 하나, 고무젖꼭지 찾는
아기처럼 입술 옴죽거리며 쳐다보고

다래끼 낀 마당 눈꺼풀 근처
강아지 꾸벅이는 밥그릇에 코 박고 졸고

팔 뻗어 한 뼘 두 뼘 세 뼘
하늘 크기 재며 묻는 홍아, 홍아, 백일홍아

내 예쁜 몸빛은 어디서 오나요?
당신 폐의 홍통이 밤새 저 꽃눈 피웠나요?

가을 동화

퇴원 후 회복 중인 어머니가 안방에 누워서
천천히 몸을 흔들고 계시다

점점 줄어드는 근육을, 세월은 나 몰라라
외면할 때 일렁일렁 물결치는 하늘

한 자락 푹 찢어서
어머니 무너진 몸을 고루 덮어 주니

빗방울 머금은 유성 하나 뒷산 대숲에 떨어지고
다락 안 영정 속 푸른 저고리 아버지가

어이! 그르케 누워만 있으면 등신 돼
큰애가 사 온 저 재활 자전거라도 타! 타! 타!

그 말에 어머니는 눈꼬리를
뒷산 참나무 꼭대기까지 찢으면서

네가 나를 모르는데 난들 너를 알겠느냐
바람이 부는 날엔 바람으로
비 오면 비에 젖어 사는 거지 그런 거지*

어머니가 안방에 누워 사진 속
그리운 아버지와 실랑이하는 어느 가을날

* 김국환의 노래 〈타타타〉 중에서.

배꼽 무렵

돌담 너머 마당 귀퉁이
뽀송뽀송하던 머리털 하얗게 센 배나무가
옆구리 벅벅 긁고 있다

배 할머니 왜 그래?
앞발로 턱 괴고 빈 밥그릇 쳐다보던
흰둥이가 물을 때

끙, 등 돌린 배나무
담 너머 함박꽃 웃음소리 흐드러진
영우네 마당만 쳐다보며

자식을 서른일곱이나 낳아
쌔빠지게 고생고생 길러서 내보내면 뭐해
한 놈도 소식 없는데,

꾸물꾸물 앞발 일으킨 흰둥이가
빈 밥그릇 한참 쳐다보다 뒷발로 툭 차며

그려! 내가 그 맘 잘 알지

하늘에서 어둠이 한 방울 두 방울 떨어져
배나무 축 늘어진 뱃살 씻기는
딱 늦저녁 배꼽 무렵.

만다라 꽃

길 꼬랑지 끝
욕쟁이 탱자 할머니 혼자 사시는 집

철제 대문에 붉은 만다라 꽃 피었다

비와 눈과 바람을 버무려
쥐똥나무 오줌 몇 방울 햇볕에 삭혀

염병할! 녹슨 꽃잎 한 장 두 장
저승 가는 차표일까

망할 놈의 함흥 영감탱이야
나도 좀 데려가! 하늘 보고 욕할 때

혼자 피기 외로워
할머니 굽은 등에 몰래 핀 가시꽃

먼 나라

이 땅의 팔순 넘은 노모들은
한평생 목숨 바쳐 새끼들을 살아내느라

한 번도 자신을 살지 못했다
초겨울 쌀쌀한 아침 뜨락에 쪼그리고 앉아

눈 감고 햇볕 쬐는 노인 셋
병휘 어머니 시영이 어머니 상태 어머니

오래된 흙집 벽처럼 야윈 흉곽들 아래
울혈 낭자한 동백꽃 피어

각자 또 다녀오시나 보다
한 번쯤 꼭 살아 보고 싶었을 그 먼 나라에

사월

죽은 줄 알았던 복숭아나무 가지에
파릇파릇 움이 돋고

새소리 물소리 꿀벌소리
음의 물결들, 나이테 그리며 서녘 하늘로 번져 가는

봄날 어린 삵 근처
복사꽃 시큼한 입술 밑에서 나는
갓 둥지 떠난 때까치 새끼처럼 오래 울었다

언젠가
맘이 쓰리고 사람이 미울 때
다시 찾아오라던 복숭아뼈 하얀 그 여자

그녀의 옹이 그 작은 물웅덩이는 이제
마른 소금쟁이 묘

물색 잃은 나의 먼 사랑아

돌아보면 사람은 다 일생이 꽃 지는 일이라

발이 아파서 새야 너도
복사꽃 언덕에 잠시 발목 풀고 쉬는 중이니

먼 곳

가지 끝, 하늘이 걸려
찢긴 방패연처럼 파르르 떨고 있다

사람 얼굴 닮은 모과 하나 발등에 툭 떨어지는
초저녁 빈 지붕에 굴뚝새 울음

당신 몸에서 개울물 그림자가 천천히 흘러내렸다
어디로 흘러가는 아픈 꿈일까

기차는 먼 들을 달리고 떠날 때를 안다는 듯
풀숲을 가로지르는 누룩뱀 하나

밤이 오기 직전 서쪽에 누가 쓰는 붉은 편지
마지막 연서일까 유서일까

3부

발목만 남은 눈사람

떠난 사람

처서 눈썹이 흴 무렵
밤물결 타고 멀리 떠난 사람 있어

당신 옷 다 태우니, 잠결마다 노 젓는 소리
먼 후생의 하류로 흘러드는

외딴 배, 외딴 묘에 바늘 빗소리

당신 떠나고 텅 빈 밤하늘은
돼지고기 세 근 도려낸 생살 부위 같은데

난 이제 믿지 않을 테다 헐벗은 사랑 따위

처서 눈썹이 흴 무렵
밤물결 타고 가슴속 오래 가라앉는 사람 있어

밤새 뒤척이다 귀 열면
새벽하늘 저 높은 곳에도 밥물 끓는 소리

가을밤

귀뚜라미 울음이
한 층 한 층 동전 탑을 쌓다가
와르르 무너지는 가을밤이다

소리 사이사이 적막이
지붕 위 밤하늘을
간장 항아리 뚜껑처럼 들었다 놓는 가을밤이다

저 검은 간장 속이 우주라니
아 캄캄한 강물 소리

저 은하수는 어느 배꼽으로 이어진 긴 탯줄일까

목화꽃 흰 목젖처럼 부어오른 자정이
맨발로 뜰에 들어설 때
마당 가득 별들이 쏟아지는 가을밤이다

파닥파닥 눈 까만 은어 떼 별 사이

귀뚜라미 울음이 또
한 층 한 층 동전 탑을 쌓는 가을밤이다

첫눈

첫눈이 왔다 죽음이 흰 날개를 달고
굴뚝으로 내려왔다

나는 밤새 밭은기침을 했다
새벽에도 뜨거운 이마가 가라앉지 않았다

첫눈이 왔다 죽음은
세 갈래 발자국을 찍으며 뜰에 내려왔다

할머니는 내복 바람으로 부엌에서 물을 뜨다가
산머루 빛깔 죽음의 눈동자와 마주쳤다

첫눈이 왔다 밤새 먼 길을 걸어
아침이 따신 물 주전자 들고 대문으로 들어섰다

그때 식구들 울음소리가 들렸다
아궁이 앞에 할머니 물 사발이 떨어져 있었다

첫눈이 왔다 그을음으로 덮인 부엌 흙벽 가득
세 갈래 발자국을 찍고 죽음이

뒷문으로 걸어 나갔다 어린 내 눈에는 다 보였다
할머니 발자국도 나란히 찍혀 있었다

첫눈이 왔다 첫울음이 왔다
밤사이 할머니가 내 열을 먼 들로 가져갔다

그대 떠나고

눈사람 혼자 장독대 앉아 먼 산 바라보니

아궁이엔 아직 입이 환한 불

어둠은 흰 새 되어 빈 들을 날고

진흙 발자국마다 허공이 웃는 눈으로 스미니

새야 새야 울지 마라

외로움에 뼈가 시려도 눈보라 한철이고

살얼음 번뇌 유리창 다 덮어도

햇살 비추면 이슬 먹은 새벽꿈 같나니

사람아 사람아 눈사람아

겨울밤

밤 깊어 사랑니 뽑힌 빈 집터에

산새 울음 돋는다

문상 가듯 새끼손가락 환한 눈길 걸어

곡곡曲曲 두 번 절하면

아픈 살, 먼 약속 잊었는가

서쪽

저녁 밀물이 오는 발소리
누에들 뽕잎 먹는 소리 같다 했다

함께 눈에 마셨다
점점 낯빛이 검어지는 서쪽, 주름지는 수평선

그 짧은 밑줄에 누워 아버지는
누에처럼 오래 꾸물거렸다 점점 허물어지는 등

네 번의 아픈 잠 중
이번 생은 몇 번째 잠일까 몇 번째 썰물일까

그는 누구의 아름다운 서쪽일까
나 죽은 뒤 뽑아낼 명주실 한 가닥 남을까

빈집

노을 야위는 서쪽 하늘을 머리에 이고
집이 울고 있다

그녀의 눈물에선 늘 흙냄새
땅속에 오래 박힌 쇠 항아리 냄새가 났다

한 생애가 앓다 살다 떠난 집, 지붕 위의 달
텅 빈 자궁 같다

그녀는 어느 이역의 생에 새 꽃나무로 태어났을까

뒤꼍 가시나무 울타리에 밤은 내려와
젖 고픈 짐승처럼 서성이고

숨이 다 빠져나간 굴뚝
그 가는 손가락이 가리키는 하늘 먼 이마에

반짝, 눈뜨는 아기별

가시나무

강태고개에 오래 살던
가시나무 할머니가 눈을 감으셨다
동네에서 가장 나이 많으신
슬하에 일곱 자식 둔

아침 하늘이 낮게 내려와
어린 굴뚝새 울음으로 부음을 알렸다
안개는 흰 치마 입고
강에서 나와 일찌감치 조문하고 출근하고

들바람도 눈 뜨자마자
까만 맨발로 달려가 섧게 울며 절하고
풀도 나무도 집들도 모두
아픈 목뼈 돌려 분향소 향해 머리 숙였다

고갯마루 외진 밤하늘에 외톨이로 떠서
할머니 이야기 듣던 어린 반달
땅에 내려와 온종일 울먹울먹 맴돌고

가정

늘 지옥인 줄 알았는데
멀리서 보니 뼈아픈 천국이었구나!

임종 직전의 수거미 한 마리
벼락 맞은 대추나무 불탄 가지 끝에서

사라진 거미줄 집터 바라보며
뿔뿔이 흩어진 처와 새끼들 그리워하며

사람은

세 개의 동사로 요약된 시다
오다 살다 가다

조금 긴 농담의 시도 있으니
오다 살다 울다 싸다 웃다 가다

아 그리운 사람아
발목만 남겨 두고 떠난 눈사람아

망초

다섯 살 천지에게
빈 공책을 선물받았다
딱 내 중지 손톱 크기만 한 거대한 우주

지상에서 가장 아름다운 말들이
흰 강물 되어 흐르는
무심천변 모래알 속에서

육도 혼도 생도 꿈도 다 버린 무아진공 스님이
슬그머니 불알 한 쪽 붕어들에게 내놓고
파안대소 중인

달팽이

느릿느릿 어딜 가시는 길입니까?
불변리 가는 중이네

변하지 않는 마을은 어디 있습니까?
없어서 가는 거라네

옛 이름이 호리萬里였네
그 마을 이장 무아를 내 잘 알지

어떤 자입니까?
주정뱅이지만 돈 떼먹을 놈은 아니지

어떤 집에 삽니까?
아가미 방긋, 무족어항에 살지

결혼은 했습니까?
했지 마누라가 천하제일 미색未色이라네

실은 그래서 가는 중일세
스님, 먼 길 가다 배고프면 어찌합니까?

무를 무무 뽑아 먹네
하늘을 와삭와삭 뻥튀기처럼 떼어 먹지

거기 가서 무얼 하실 겁니까?
기다릴 걸세, 솔솔 바람이나 피면서

누굴 기다립니까?
내 뒤에 곧 도착할 그대들

저는 그 마을에 가지 않을 건데요
그럼 잘 가게! 곧 보세

캉캉

눈이 내린다
캉캉을 추며 함박눈이 내린다

눈이 눈과 춤추며 까불까불 내린다
색들이 사라진다

빨강 지붕
노랑 지붕
파랑 지붕

쪼끄만 집 그냥 집 큰 집 엄청 큰 집

모두 하양이 되어
모두 땅에 사는 잠꾸러기 구름이 되어

하늘이 보기에 똑같다

그게 좋아서

그게 참참 좋아서

눈이 내린다
캉캉을 추며 캉캉 눈이 내린다

어두워지는 거실

저녁이 등을 활처럼 휘고 고양이 눈을 뜬다

나비가 수면을 맴돈다
수족관엔 꽃밭이 있고 집이 있고 풍차가 돈다
금붕어가 지붕 위로 올라온다

저녁이 까만 털을 곤두세우고 수면을 본다

나비가 물에 젖어 파닥거린다
여자는 나비가 일으키는 잔물결 바라보다
은빛 모래가 아름답게 깔린 동쪽 바닷가를 기억한다

저녁의 눈동자가 여자의 눈길 따라 이동한다

물가에서 아이가 튜브를 타고 논다
아이는 노랠 부르며 점점 더 깊은 곳으로 들어간다
여자는 모래 속에 누워 구름을 본다

저녁의 눈동자가 파르르 파르르르 떨고

파도가 상어처럼 아이를 삼킨다
놀란 여자는 아들을 부르며 물속으로 뛰어든다
수평선 끝으로 빠르게 태양이 지고

저녁이 앞발을 모으고 거실의 여자를 쳐다본다

먹물이 번지는 한지처럼
거실은 소리 없이 어둠에 물들어 가고
수족관 물 위로 죽은 나비가 둥둥 떠다닌다

고비를 건너는 여자

수의처럼 펄럭거리는 모래밭
등과 배와 장딴지, 몸 구석구석 욱신거리는 낙타가

한 땀 한 땀 봉합선 박으며
사막을 건너고 있다

헐떡헐떡 언덕을 오르는 바늘낙타 입에서 침이
치즈처럼 끈적끈적 떨어지고

꺾인 앞발을 곧추세우며 낙타는 부르르
몸을 떤다 낙타는 지금

제 주검을 누일 둥근 돌산을 등에 짊어지고
바늘구멍 속 우주를 건너는 중

낙타의 젖은 눈 속에서 누가
한 땀 한 땀 제 찢긴 사랑, 살가죽을 깁는 소리

저기, 먼 이역의 저승 낭떠러지를
빙빙 돌던 얼음 별들이 고비 눈 속으로 떨어질 때

닳은 무릎으로라도 기어서
자기 생을 건너지 않는, 꽃과 짐승이 있을까

낙타는 첩첩 모래 능선 바라보다
상처 난 제 무릎을 상처 난 혀로 또 핥아 주고

빛이 타고 있다
―아내에게

뻐꾸기시계에서 죽은 건전지 한 쌍 꺼내
창가에 세워 놓았다

노부부 같다
빛 속에서 치르는 직립의 장례 미사

번개를 품었던 저 늙은 몸에 남은 어둠과 고요
빛보다 밝고 번개보다 세차다

시간을 돌리고
우리를 돌리고 세계를 돌리느라

일생을 한자리에서 전력을 다해 쓴 필생의 시
그 침묵의 책 읽다가, 문득

시계 옆 올해의 마지막 달력
흰 종이배로 접어 하늘 강물에 띄워 보내니

오랜 시간의 급류 타고
오랜 세월의 협곡 돌고 돌아 천국 항에 닿을 때

죽음이 삽으로 단 한 개의 구덩이를 판다면
그것은 나의 것

그것이 만약 그대 주검의 외로운 침실이라면
나는 영원히 멈춰진 시계

지도에 없는 날

어디선가 계속 당귀 냄새가 났다
차엔 그녀와 나 둘뿐인데

치커리에 왔다 오늘의 날씨는 나처럼 상추머리

아내가 자꾸 상추밭을 들추었다
대체 무얼 찾는 거야? 여긴 치커리라니까

그때부터 봄바람이 호박잎에 살 비비는 소리를 냈다
내가 자꾸 투덜거리니까

점심에 속리산 밑에서 아내가 한턱내어
산채비빔밥을 사 주었고

오후 내내 난 산 채로 끌려다니는 짐꾼 겸 호위무사

산 중턱에서 배 나온 구름들이 단체로
윗몸 일으키기를 하고 있었다

산 아래턱엔 아랫몸 일으키기를 하는 사람들

아 오늘은 지도에 없는 날
낯선 길이 꽃뱀 대가리를 들고 나만 따라다녔다

배롱나무

뿔난 배롱나무 겨드랑이에 코를 대니
쉰 땀내가 난다

오늘은 하늘도 콧구멍이 맑은 날
일 다 접고 나랑 진천 오일장이나 다녀오자

추어탕 사 줄게 잔치국수도 뭇국도 사 줄게
내 달달한 사기 꾐에 꼴깍 넘어가

삐진 배롱나무, 안 갈 척 꾸물꾸물 일어나더니
젤 예쁜 무색 치마 입는다

날이 풀리니 땅도 풀리고 꽃망울도 풀리고
아 나는 네가 이~따만큼 좋아라

골난 배롱나무야 네 맘 풀리니
해롱해롱 내 맘도 풀리고 눈망울도 풀리고

4부

나는 영원히

시인이 되지 못할 것이다

하루 문답

당신은 누구고 어디서 왔소?

내가 묻자
아침이 죽은 자의 두 손바닥을 쫙 펼쳤다

뼈만 남은 손가락은
찰나에 시방十方세계를 낙뢰처럼 가리켰다

내 혀가 땅에 떨어졌다

공중은 시퍼렇게 파도쳤고
서녘의 긴 해안선이 붕새의 흰 날개를 펼쳤다

당신은 무엇이고 어디로 가오?
저녁의 등이 되물었다

한낮

닭이 맨땅을 콕콕 쪼고 있다

뭐 먹니? 내가 물으니까
묻지 마! 그런다

다시 보니 닭은
땅에 누운 내 그림자

눈을 쪼고 있다
입을 쪼고 있다

아 후끈, 낮이 뜨겁다

헛것만 본 내 눈깔
헛소리만 한 요 주둥아리

걷는 사람

그림자가 계속 뒤를 따라온다

내가 일생을 똑바로 걸어가서

배고픈 무덤에 잘 들어가는지

검안하라고 빛이 보낸 검시관

나는

초다
자기 바깥으로 튀어 나가려는 태양처럼
스스로 몸에 불을 지른 후
1초
1초
1초

타는 초다
초초 빛과 초초 어둠이 심장에 사는 숲
불타는 사자 눈이다
1초
1초
1초

눈을 태우고
눈 그늘로 사라지는 나는
얼음인간
1초

1초
1초

녹는 초다
화경火經이다
죽은 자들이 뿌려 주는 첫눈 교향곡
1초
1초
1초

장미

난 누굽니까?
돌멩이다 진흙이고 지렁이고 불탄 숯이다

그럼 난 누굽니까?
바위다 진흙소고 낙타고 구름이다

그럼 난 물입니까?
그래 불이다 훨훨 맹렬히 타는 얼음이다

그럼 난 불입니까?
그래 빙하다 활활 맹렬히 얼어붙은 숲이다

그럼 난 물이고 불인 달입니까?
그래 달그림자다

꽃그늘 속 꽃그늘이니, 피는 둥근 색이다

그럼 난 원이고 색입니까?

원 안의 원이고 원 밖의 원이니 원색이다

하하 흰 울음이고 검은 웃음이니
맘껏 피어라

눈을 위한 자장가

피곤한 눈을 위한 자장가를 불러 주었다

실핏줄 터진 내 감은 눈에

작은 꼬막손 얹고 다섯 살 딸아이 새벽 숲이

소복소복 뒤뜰에 몰래 첫눈 오는 소리로

잘 자라 아가야 잘 자라 내 예쁜 아가야

지상의 어떤 꽃잠보다 단 행복감에

영영 잠이 오지 않았다

그날 밤 나는 일생의 잠을 다 잤다

시인

모든 꽃은 예언이다

불꽃들 다 지리라는

침묵이 활짝 꽃피자

모든 말이 시들었다

패랭이꽃 아래

둥근 마침표 하나
살점은 어데 두고 빈집만 남았을까

아무도 가지 않은 길, 땀과 눈물로 적시며
여린 팔 뻗어 하늘 맨살 만지며

바랑 몸 하나로 느릿느릿 오래 걸어왔을
저 작고 장엄한 달팽이

무한의 기호다 빈 몸 가득 우주를 채우고
패랭이꽃 아래 고요히 입적한

달팽이 비구 스님
이마에 반짝, 햇살 깃들어 합장 중인 저녁

바람도 새도 나도 길도 멈추어 서서
두 손 모으고

눈 속의 발레

비구니 스님 혜원이 발레 하듯 마당을 쓸고 계시다

깨끗한데 쓸고 또 쓰는
이유라는 새는 간밤에 둥지를 떠났고

천 개의 손 만 개의 날개를 가진 천지간 사람 하나

언 허공까지 쓸며 암자에서 가볍게 춤추는 여승
파 드 되, 싸릿가지 빗자루 애인

아직 어둔 새벽인데, 옛 미인 얼굴보다 환하시다

산 아래 잠든 마을 지붕마다
빨갛게 꿈이 익어서 새하얀 대추알 눈송이들

청석淸石암 가는 길

오묘하다 내가 산을 오르면
나무들은 무리 지어 산비탈을 내려가고

내가 온몸 땀에 절어 산을 내려가면
바위도 폭포도 산을 올랐다

말 많고 교만한 사람이었다가
흙, 돌, 물, 먼지, 이끼, 낙엽, 벌레로 돌아가

자기를 다시 살아가는 성자들
저 사람 아닌 미물들이 다 사람보다 높고 귀한

어미고 우주고 태아의 깊은 눈동자다

낮은 계곡물 바닥에 잠시 내 얼굴 비추어 보니
흐르는 낮달에 잉어 눈썹

명주잠자리

풀꽃을 풀어주고
꽃잎에 앉은 먼지도 나비도 풀어주고

붕어 아가미에 물린 앞니 흰 햇빛도 풀어주고

꽁지머리 여자아이 무량이가
한 발 껑충 한 발 깡충 개울물 건너고 있다

돌과 돌 새가 억겁의 시간인데
아이는 펄쩍 가볍게 뛰어

흐르는 물에 그림자 놓아주고
물에 앉은 억만 겹겹 하늘도 우주도 놓아주고

아이 떠난 개울 눈동자에, 새 울음 번지니

노을 마른 풀잎에 앉아
나는 내가 안 보여 갸우뚱갸우뚱

산속의 배

안산 산길을 오르다 만난 잡풀 무덤 한 척
단풍나무 돛대 달았다

비탈진 어깨 뒤로 진달래 능선과 벼랑
기우는 하늘을 짊어지고

저 배는 지금 어디로 가는 걸까
누가 탔기에 왁자지껄 저리 시끄러울까

어느 주정뱅이 시골 해적일까
바가지 달인인 그의 어여쁜 마누라일까

산 사람은 영영 알 수 없고
햇빛과 달빛이 바람으로 쓰는 산속 항해일지

무덤을 뒤로하고 나는 산정에 올랐다
거기서 내려다보니 마을 전체가

한 척의 커다란 배다
모두들 분주히 어디로 가는 걸까

시실리

시실리에 가 보셨나요?
바람이 불고 들판 가득
주홍빛 노을이 깔리는 저녁 무렵
철길을 따라 걷다 보면
갑자기 우산 속으로 뛰어드는 아이처럼
그대 얼굴에 물방울을 뿌리며 예고 없이 나타나는
마을
집들은 모두 금붕어 비늘로 덮여 있어
햇빛이 비칠 때마다 아름답게 반짝이는 마을
언덕에서 꽃들은 동요를 부르고
나무들은 손에 손을 잡고 바람과 춤추고
아이들과 염소들이 접시 타고 빗자루 타고
마을 지붕 위로 날아다니는 마을
공중엔 연못이 있고 숲이 있고
하늘에서 하늘하늘 무지개 눈이 내리는 마을
마을 입구엔 작은 술집이 있어요
누군가 마시면 고통과 번민과 우울이
일순간에 사라진다는 이상한 술을 팔아요

그 신비한 술을 공짜로 팔아요
시실리에 가 보셨나요?
그대가 도착하는 순간 시간이
하얗게 사라지는 마을 시실리時失里
시실리에 가려면 낙엽을 타고 가야 합니다

시를 찾아서

어떻게 생긴 생물입니까?
원숭이라 하려니
털이 없고 꼬리가 없다
기린이라 하려니 목이 짧고 온몸이 눈이고
뱀이라 하니 혀가 없다

개라 하니 이마에 뿔이 돋았고
중이라 하니
장발에 염불도 모르는 장미고
땅속을 흐르는 물이라 하니
태고의 하늘이고
너라 하려니 세상 가장 우둔한 자로다

어찌해야 합니까?
악어를 만나면 악어 배 속에 살고
귀신을 만나면 귀신과 즐거이 동침하고
사자를 만나면 사자를 타고 놀고
낙타를 만나면 온몸 부숴 사막이 되어라

지렁이를 만나면 어찌합니까?
성자니 절하라
개똥을 만나면 어찌합니까?
약이니 먹어라
작두를 만나면 어찌합니까?
네 목을 잘라 버려라

혹시나 해서 말인데

1

소개팅으로 시를 만나지 마라
불운이 너의 삶에 그림자처럼 따라다닐 거다

심심하다고 시를 술친구로 두지 마라
주사가 심해서 온갖 헛소리를 다 들어 줘야 할 거다

외롭다고 잘생긴 시를 남자친구로 두지 마라
더 외로워져서 혼자 죽을 거다

달빛 내리는 밤, 시가 들려주는 기타 소리에 혹하지
마라
엉킨 실타래처럼 사랑도 미래도 꼬일 거다

생일에 시가 안겨 주는 장미 꽃다발에도 혹하지 마라
향기는 하루고 악취는 날마다 부활할 거다

특히 시와의 첫 키스를 조심하라
달콤한 미남마귀 입술에 취해 두 눈을 꼭 감으면

꼭 그때부터 헛것을 보게 되고
꼭 그때부터 안개 속을 떠도는 눈먼 새가 되더라

그리고 절대로 시와 동거하지 마라
벌거벗은 시의 알몸을 보면, 어휴~ 눈이 썩을 거다

아 이 겨울밤, 달은 밤의 노숙자다
지상에는 잠들 곳이 없어 춥고 어두운 하늘 떠도는

난 혹시나 해서 말인데 넌 역시나 해서
양의 탈을 쓴 고양이거나 살쾡이 운명이면 어쩔 수
없지

아 저기 골목 끝에서 시가 걸어오고 있다
그는 방금 오줌통에 빠졌던 취한 사내다 소개해 줄까?

2

난 어젯밤에 오줌통에 빠졌던 그 사내다
아침이다 나를 미워하는 사람들이 아 나는 또 그립다

함기석! 너 그러는 거 아니다 내가 뭘 어쨌다고
밤새 그렇게 나를 썹니? 아무튼 여긴 지하도다 나의
숙소

바깥으로 나가니 도로는 꽁꽁 얼어붙었고
강추위에 바지 속의 내 고추도 왕창 쪼그라들었다

찬장에 높게 쌓인 유리그릇처럼 턱은 덜덜덜 떨린다
공터로 가서 오줌을 누려고 바지를 끄르는데

손가락이 얼어서 나뭇가지처럼 딱딱해져서

꺼내기도 전에 줄줄 샌다

아 이게 인생이구나!
뭔가 꺼내기도 전에, 내 오줌에 내가 홀딱 젖는 것

그래도 난 다행이다 저자는 어쩌나
벨트 풀기도 전에 설사說射 터진 저 불량품 시인

혹시나 해서 말인데, 그 인간 시집 나오면
썩은 속 달래 줄 보은 대추차나 한 대접 대접해 줘라

아 저기 고층빌딩 위 살얼음 깔린 하늘에서
아침 해장술에 취한 신은 또 하루치의 햇살 기타를
퉁기고

아 저기 눈 덮인 광장 가득
빡빡머리 해는 떠오르고 새들은 또 햇빛을 물어다 나
르고

겨울 화형식

붉은 촛대를 들고 나의 시신을 들고
알몸으로 얼음 제단에 오른다
헐벗은 등짝과 멍든 살, 두 다리에 남은 흉터들
모두 폐허의 지도, 흉몽의 사랑이다
습襲한 시신을 관에 넣는다 내 땀과 눈물이 섞인
나의 유골들 나의 시들을 넣고

쾅쾅 못질한다 다시는 이생에 돌아오지 못하도록
손가락을 잘라 관 뚜껑에 쓴다
유언을 쓰듯 내 이름 석 자를 핏물로 쓴다
비련의 향을 피우고 경건하게 두 번의 절을 올린다
비를 뿌리듯 피를 뿌리듯 새를 뿌리듯
석유를 뿌리고 불을 던진다

검은 목관이 타들어 간다
불면과 악몽의 날들이 기름종이처럼 타들어 간다
솟구쳐 오르는 화형의 붉은 폭설 속에서
나는 무릎을 꿇고 운다

한번 가면 다시는 돌아오지 못하는
생이라는 이 황량한 광야의 얼음 벌판을 지나오면서

나는 나의 안위 나의 목숨만을 위해 살아왔다
상처받은 대지와 하늘과 도시, 버림받은 밤의 숲과 생
명들
그 무엇 하나 뜨겁게 끌어안고 사랑할 줄 몰랐다
내 지나온 길엔 이기와 독선의 눈꽃들만 무성하다
솟구쳐 오르는 눈보라 불기둥 아래에서
후회와 자학의 눈물을 흘린다

면도날이 돋아난 바람만이
내 젖은 눈을 씻고 지나갈 뿐이다
내 육신의 상상이 내 시의 메아리가 닿지 못하는
생의 저 어두운 계곡, 거기서 누군가 돌로 내 혀를 내
리친다
신음하며 눈꽃 계곡으로 흘러내리는 붉은 살점들
저 무수한 피투성이 말들, 신음하는 사람들

119

아 나는 영원히 시인이 되지 못할 것이다

그조차 두렵지 않으니, 이제 어떻게 살아가야 하는

가?

상중喪中이다 활활 타오르는 저 겨울 하늘은

무수한 주검들이 매장된 땅의 거울, 눈꺼풀 없는 거울

이다

아 해가 보고 싶다 방금 산모의 자궁에서 꺼낸

탯줄 달린 시뻘건 해가

동행

우산도 없이 빗길을 가는데
누군가 다가와 같은 보폭으로 걸었다
곁눈질로 보니 희망이다

그도 온몸이 빗물에 젖어 떨고 있었지만
처량해 보이지는 않았다
오히려 깨우친 자의 얼굴처럼 고요했다

어딜 가는 길이오?
내 물음에 희망이 조용히 입을 열었다
오늘 밤 이 진흙탕 빗길이 끝나는 곳에서
꼭 만나야 할 사람이 있소
그와 함께 새로운 여행을 떠나야 하오

빗줄기가 더욱 거세어졌다
내리막 빗길 따라 코스모스가 따라 걸었다
나는 뒤도 옆도 돌아보지 않고
길이 끝나는 강가를 향해 계속 걸었다

절망과 함께 걷기

남승원(문학평론가)

1.

시의 재료가 언어라는 점은 언급할 필요도 없는 사
실이지만, 그 의미에 대해 진지하게 생각해 보는 계기가
많지는 않은 것 같다. 일상을 살아가는 독자로서는 삶
의 연속성 안에서 시를 접하게 될 수밖에 없고, 그래서
당연하게도 일상어가 만들어내는 의미 범주 안에서 시
를 이해하며 또 그렇게 자신의 삶의 한 부분으로 시를
끌어들이거나 동화되기 때문이다. 물론 이와 같은 시적
경험은 소중한 것이지만, 이 과정 속에서 언어 자체의
가능성에 대한 고려는 자연히 축소되고 만다. 그렇다면
우리의 시적 경험은 언제나 불충분한 것이라고 말할 수
있을 것이다.

현대시는 이와 같은 문제의식에서 출발한다. 스피어
스M. K. Spears의 경우에는 아예 '단절discontinuity'을 현대시
의 특성으로 강조하기도 했는데, 세계를 구성하는 모
든 것들의 관계 속으로 단절을 도입함으로써 의미와의
종속적 관계에서 벗어난 언어의 욕망을 바라볼 수 있
게 된 것이다. 함기석 시인의 앞선 시집들을 읽어 온 독

자들이라면 그가 현대시의 이와 같은 특징과 가장 가까운 위치에서 오랫동안 흔들리지 않고 서 있었다는 데에 큰 이견이 없을 것이다. 실제로도 그는 한 대담에서 시를 읽는 독자들이 여전히 "인간의 이성적 논리와 논증을 맹신"하고 있는 모습을 의아해하면서, 무엇보다도 시는 "일차적으로 그 시의 공간 속에서 살아가는 언어들의 삶의 현장"이라고(대담 최규리,「시간과 차원이 혼재된 복합건축물」,《시와세계》, 2020년 겨울호). 따라서 우리는 수학적 기호나 도해圖解, 그리고 메타 언어적인 실험 등을 구체적 모습으로 하는 함기석만의 특징들 역시 이와 연관시켜 이해해 왔다.

이처럼 그가 보여 주는 고유한 시세계는 의미와의 대립 또는 전위적 언어 실험 등으로 요약해 볼 수 있다. 여기에서 중요한 것은 함기석의 특징들을 또다시 하나의 의미 체계 안에 고정시키지 않도록 주의해야 한다는 사실이다. 다행히도 우리에게는 그의 시론집 『고독한 대화』(난다, 2017)를 통해 시와 관련된 그의 생각을 직접 들어 볼 수 있는데, 많은 글들에서 그는 시가 무한한 운동 그 자체임을 반복적으로 강조하고 있기도 하다. 말하자면 시인으로서의 함기석은, 그리고 그의 시는 언어 속에서 탄생과 죽음을 반복하는 "ING 생체" 또는 "ING 사체"(「음시」, 『음시』, 문학동네, 2022)이다.

그런데 함기석의 여덟 번째 시집인 『모든 꽃은 예언이다』는 독자들이 오히려 생소하게 받아들일지도 모르겠다. 앞서 다시 한 번 떠올려 본 그의 시세계와는 다르게 이번 시집에서 시인은 개별 인물들의 이름을 잊지 않겠다는 듯 놓치지 않고 호명해 가면서 구체적인 사회 현실의 구석구석을 세세하게 그리는 데에 주목하고 있다. 시인 스스로 직접 경험한 것이 분명한 장면들을 적극적으로 포함하면서 말이다. 물론 앞선 시집 『힐베르트 고양이 제로』(민음사, 2015)에서도 우리는 서정시 형식의 작품들을 만나 볼 수 있었다. 하지만 이번 그의 시세계를 이해하기 위해서라면 언어의 고유성에 기반한 무한 흔들림 없는 관점을 잊지 않을 필요가 있다. 함기석이 시집 『모든 꽃은 예언이다』를 통해서 보여 주는 서정적 태도는 단순한 시문학의 하위 개념으로 선택된 것이 아니라 그에게는 곧 "시적 세계관이고 시 정신"(「서정」, 『고독한 대화』)이기 때문이다. '서정'을 말하는 같은 글에 이어서 분명히 말하고 있는 것처럼, 그의 '서정'은 현실의 부조리 속에서 세계와 자아의 상호 간 운동성이 더 이상 불가능해졌음을 의미하며, 그로 인해 시의 생명력을 유지하는 것이 점차 힘들어지는 현실에 대한 비상개입이라고 할 수 있다.

2.

우선 1부에 수록된 많은 작품들에서 인물의 구체적인 이름이 포함되어 있는 사실을 공통적으로 발견할 수 있다. 실제 이름이 등장하지 않는 작품들이라고 할지라도 시적 상황 속에 처해 있는 개별적 인물들의 이름을 상상해 보는 경험을 하게 되기도 한다. 개인적 내면을 그 출발점으로 하는 서정이 결국 수신자에게 전달되는 과정에서 일종의 보편화를 거쳐 다시 확산되는 것이라고 했을 때, 구체적인 이름을 가진 이 작품들의 경우 서정의 방향성은 바로 그 특정한 개인의 내면으로 오히려 수렴된다. 독자들로서는 그 인물이 관계하고 있는 현실의 모습을 직접 대면하게 되는 셈이다. 말하자면 시집 『모든 꽃은 예언이다』에서 보여 주는 서정시의 형식적 특성은 보편적 세계와 조응하는 것이 아니라 현실의 모습을 직접 목격하게 만들어 준다. 그렇다면 시인이 마주하고 있는 현실은 과연 어떤 모습일까.

청주 공단 화학 공장 앞 도로 따라
노조 플래카드들이 어깨 걸고
시위 중이다

갓길 걸으며 풀들도 꽃들도

푸른색 노란색 빨간색 리본 두르고
시위 중이고

벚나무 살구나무 이팝나무
손마다 하얀 피켓 들고 구호 외치며
시위 중인데

나중일 씨, 독한 화학약품 냄새에 절어
간장 속의 게처럼
오늘도 찍소리 한번 못 하고

—「봄이 와서」 전문

　어느 봄날의 "청주 공단 화학 공장" 부근을 배경으로 하고 있는 이 작품은 연과 행의 구성이나 소재를 다루는 방식 등에 주목했을 때 전통적 서정시의 구조를 따르고 있다. "노조 플래카드"에서 "리본"이나 "피켓"으로 이어지는 소재들이 "풀"이나 "꽃", 그리고 여러 종류의 "나무"들과 색채 이미지를 통해서 자연스럽게 연관되는 방식이 특히 그렇다. 하지만 이 두 소재는 우리의 일상적 의미 범주 안에서라면 오히려 상충되는 측면이 강하다. 작품에서도 "시위 중이다"는 하나의 서술어로 두 계열의 소재들을 설명하고 있는데, 이로 인해 '시위'에 사용되는 도구들을 가리키는 소재와 '봄'이 시작되었음을 알리는 자연물에서 발산하는 의미들이 서로 충돌하고 있다. 물론 우리가 경험하는 '봄'의 현실적 장면이라고도 말할 수 있다. 하지만 마지막 연에서 다소 갑작스럽게 등장한 "나중일"이라는 이름을 만나게 되는 순간 최소한 형식적으로나마 유지되던 작품의 균형은 이내 흩어지고 만다. 그것은 영화에서 빠르게 장면이 전환하는 것처럼 "화학약품 냄새"를 맡아 가면서 일하는 노동자의 실제 삶 속으로 박진해 들어가기 때문이다. 하지만 "나중일 씨"는 작품에서 앞서 제시된 상황과 직접적인 연관성은 없으며, 따라서 우리가 기존에 생각해 왔던 노동자 계급을 대변하는 전형적 인물도 될 수 없다. 독자들로서는 어떤 인물의 이름도 알게 되고, 또 그가 어떤 노동을 하고 있는지에 대한 구체적 정보도 알게 되지만 그것을 통해 인과적으로 이해할 수 있는 어떤 의미에 도달하지 못하는 것이다. 결국 "나중일 씨"의 상황은 작품의 마지막에서 "간장 속의 게"라는 표현을 통해 압축적으로 제시되고, 우리는 다시 이 안에 압축되어 있는 현실의 모습을 저마다의 관점으로 마주하게 된다.

함기석은 이와 같은 방식을 통해 "손가락이 잘린" 외국인 노동자 "다카"(「마이크로 병원」)를, 한국전쟁 시기 "다부원 전투"에서 사망한 "김무영 씨"(「감은 눈」)나 "북한군"으로 참전했다가 "포로가 된 사람/북천 태생 최병학 씨"(「그늘 무늬」)를 작품 안에 직접 등장시킨다. 비무장지대를 다룬 「DMZ」나, 43 항쟁의 희생자와 지금의 관광객을 교차시켜 보여 주고 있는 「무등이왓」 같은 작품의 경우 특정한 이름을 내세우지는 않지만 시간의 흐름 속에서 잊혀 간 이름들을 저마다 떠올리게 만들고 있기도 하다.

말하자면 시인이 주목하고 있는 현실이란 곧 희생을 강요당하는 개인들의 고통이 반복되고 있는 현장인 셈이다. 여기에서 우리는 역사의 비극적 장면에 시인이 각별히 주목하게 된 이유도 알게 된다. 특히 「현대사」에는 역사를 대하는 시인의 태도가 직접 드러나 있어서 흥미롭다. 이 작품에서 시인은 '현대사'를 대면하기만 해도 "맘이 아슬아슬 흔들리"게 만드는 여인으로 설정한다. 그리고 작품의 대부분은 그렇게 흔들리는 마음을 잡을 수 있는 방안에 대한 질문과 대답으로 이어지는데, 각각 "가지 끝 마지막 이파리"와 "매미"가 주체로 설정되어 있는 이 대화는 불가에서의 격외담格外談처럼 받아들여지기도 한다. 하지만 격외담들이 보통 현실적 논리의 초월 그 자체를 지향한다면, 이 작품은 오히려 '매미'에게는 벗어날 수 없는 운명인 '우는 행위'에 역사를 대하는 특정한 태도를 집중시킨다. 그것은 먼저 개인의 비극적 운명에 대한 공감이며, 또 다른 하나는 그 공감을 바탕으로 한 시 쓰기이다.

> 시청광장에서 처형된 사형수다
> 그녀의 눈동자에 고인 12월의 밤하늘이고
> 목에 걸린 인조 목걸이다
>
> 육교 계단에서 추위에 떠는 고아들
> 녹슨 빗속을 최면 상태로 걸어가는 부랑자들이고
> 젖은 불빛이다
>
> 낮들이 활보하는 도시
> 거리엔 웃음없는 무녀의 피가 떠돌고, 우리의 얼굴은
> 죽음이 화인火印으로 남긴 검은 판화들
>
> 잠들면 종이가 자객처럼 내 눈을 베는 소리 들리고
> 고열과 오한 사이에서 나의 펜은
> 눈물을 앓는 새
>
> ─「우리 시대의 시」 전문

개인의 고달픈 삶과 또 그것이 반복되는 역사의 비극

성에 주목하는 함기석 시인이 궁극적으로 도달하는 지점은, 어쩌면 당연하게도 행위로서의 시 쓰기이다. 그의 시세계가 무한한 운동성을 가진 진행형이라는 점은 이미 살펴보았다. 부연하자면 함기석의 시어는 언어적 차원에서 자의적 관계로 구조화된 기표와 기의의 양극단에서 진동하고 있으며, 그의 시는 존재론적 차원에서 역사적 시간과 무한의 시간 두 차원에서 동시에 존재한다. 따라서 현실 속에서 '시'의 자리를, 그리고 자신의 시 쓰기를 가늠해 보는 이 작품을 이해하기 위해서라면 먼저 앞서 언급했던 「현대사」의 마지막 연 "그날 이후, 울기 시작했다/그녀를 찾아 떠도는 혼령을 찾아 없는 음을 찾아/땅에서 하늘에서 나무에서/낮에도 밤에도"에서 출발할 필요가 있다. 역사적 시간을 앞에 둔 '울음'이 공감의 표현이라고 한다면 여기에서 시인은 이를 무한한 시간의 차원으로 확산시켜 나가고 있다. 그리고 이렇게 영원에 이른 공감이 「우리 시대의 시」로 이어지면 현실의 차원에서는 시가 존재하는 복수複數의 순간들 속으로 다시 침전하기 때문이다.

이제 이 작품을 다시 읽어 본다면 "사형수"가, "12월의 밤하늘"과 "인조 목걸이", "고아들", "부랑자들" 그리고 "젖은 불빛"들 모두가 시인의 눈에 포착된 현실의 단면이자 상징들이라는 것을, 그리고 그 앞에 선 우리는 그저 눈을 감고 피하거나 또는 병들 수밖에 없음을 알게 된다. 하지만 중요한 것은 애써 감은 눈 위로도 "종이가 자객처럼 내 눈을 베"어 버리고, "고열과 오한 사이"를 오가는 순간은 결국 "나의 펜"이 그것을 대신 "앓는" 기회가 된다는 사실이다. 지나간 역사와, 그리고 역사로 만들어지는 오늘의 현실 앞에서 함기석은 이처럼 시를 받아들여 시인으로 살아가야 하는 운명을 끊임없이 자각하고 있는 것이다.

3.

살펴본 것처럼 시집에 등장한 여러 인물들은 특정한 이름으로 불리는 개별적 존재이지만, 시인의 눈에 포착되는 순간 그들의 삶은 보편적 인간 존재의 내밀함과 깊이 연관된다. 시인에게는 시 쓰기를 촉발시키는 계기가 되는 것처럼 말이다. 이는 함기석의 특징으로 우리에게 이미 잘 알려져 있는 수학의 활용과 함께 이해하는 것도 가능하다. 그는 자신의 시론 「추상의 시」(『고독한 대화』)를 통해 '수학'이 "인간이 이해하는 방식을 넘어선 독립된 세계에 존재하면서도 인간의 세계에 긴밀하게 관여하고 촉발"하는 것임을 분명히 한다. 그에게 '수학'은 "인간의 육체에 존재하지 않으면서 인간의 존재와 죽음에 깊게 관여"되어 있는 것이며, 어떤 세계의 매개가 아니라 "꿈의 언어이자 존재의 언어"로서 "천국과 지옥, 존재와 무가 공존하는 추상의 시" 그 자체인 것이다. 따라서 개별성과 보편성, 현실과 무한의 두 세계가 만나고 충돌하는 모습을 그리고 있는 『모든 꽃은 예언이다』는 그의 이전 시집들과는 조금 다르게 일상의 모습들을 전면적으로 다루고 있지만, 사실상 '수학'으로서 시적 가능성의 또 다른 면모를 보여 주고 있는 것이다. 그랬을 때 시인의 일상이나 경험에 바탕을 두고 있는 것으로 보이는 작품들은 우리에게 좀 더 매력적으로 다가온다.

첫눈이 왔다 죽음이 흰 날개를 달고
굴뚝으로 내려왔다

나는 밤새 밭은기침을 했다
새벽에도 뜨거운 이마가 가라앉지 않았다

첫눈이 왔다 죽음은
세 갈래 발자국을 찍으며 뜰에 내려왔다

할머니는 내복 바람으로 부엌에서 물을 뜨다가
산머루 빛깔 죽음의 눈동자와 마주쳤다

첫눈이 왔다 밤새 먼 길을 걸어
아침이 따신 물 주전자 들고 대문으로 들어섰다

그때 식구들 울음소리가 들렸다
아궁이 앞에 할머니 물 사발이 떨어져 있었다

첫눈이 왔다 그을음으로 덮인 부엌 흙벽 가득
세 갈래 발자국을 찍고 죽음이

뒷문으로 걸어나갔다 어린 내 눈에는 다 보였다
할머니 발자국도 나란히 찍혀 있었다

첫눈이 왔다 첫울음이 왔다
밤사이 할머니가 내 열을 먼 들로 가져갔다

                                         ―「첫눈」 전문

   이 작품은 유년 시절에 경험하게 된 한 사건을 담담
한 진술로 그려내고 있다. 아픈 '나'를 돌봐 주시던 '할
머니'가 갑자기 돌아가시게 되었는데, 그 직후 '나'의 병
이 낫게 되었다는 것이 그 경험의 전말이다. 오랜 세월
이 느껴지는 과거의 시·공간적 배경은 이 경험을 개인적

이면서도 조금 더 각별한 느낌으로 만들어 준다.

하지만 우리가 먼저 주목해야 할 것은 경험이 전달되는 방식이다. 먼저, "첫눈이 왔다"는 구절의 반복을 특징적으로 확인할 수 있다. 우리는 보통 '첫눈'을 기대감이나 설렘 등과 같은 긍정적인 정서들과 연관시켜 이해하지만, "첫눈이 왔다 죽음이 흰 날개를 달고/굴뚝으로 내려왔다"는 첫 진술에서부터 그것이 '죽음'과 보다 직접적으로 맞닿아 있다는 것을 알게 된다. 따라서, 형식적 차원에서 '첫눈'으로 연상되는 것들의 의미 범주 안에서 이 작품을 읽는 독자로서는 '첫눈'과 관련된 선험적 이해와 함께 '죽음'의 이미지를 동시에 포착할 수밖에 없다. 이때 '첫눈'에 찍혀 있는 "세 갈래 발자국"은 결정적이다. 형태상 '발자국'의 주인이 '새'라는 사실은 쉽게 알 수 있는데, 예부터 '새'는 죽음과 현실을 매개하는 존재로 이해되어 왔기 때문이다. 결국 여기에서의 '첫눈'은 삶과 고통 내지 삶과 죽음, 또는 성장과 소멸 등 생명을 가진 것들이라면 필연적으로 겪어내는 굴곡진 운명의 배경으로 확장된다.

한편, 돌아가신 할머니에 대한 애정과 유년 시절의 기억이 뒤섞인 이 작품의 서사를 지탱하는 것은 할머니의 죽음으로 인해 자신에게 예견되었던 운명을 피해 갈 수 있었다는 '나'의 믿음이다. 이는 작품에 담긴 경험이 화자에게 중요한 기억으로 살아남을 수 있도록 만들어 주는 작품 내부의 힘으로 작동하고 있는데, 우리에게는 삶과 죽음이 별개의 것이 아니라 교차하며 서로를 지탱하고 있는 한 몸이라는 사실로 전달되는 것이다.

이처럼 죽음을 끌어와 삶을 이해하는 방식이 함기석에게 시인 자신은 물론이고 타인 삶의 깊은 내면을 직접 만날 수 있는 가능성과 다르지 않다고 했을 때, 그는 자신 삶의 시간과 공간적 범주를 가늠하기 위한 대상으로 '아내'에 주목하고 있다. 부부가 한 사람의 삶에서 보통 가장 오랜 시간을 함께 하는 대상이면서도 서로에게 여전히 타인의 존재 영역을 가지고 있는 관계라고 한다면, 시인에게는 바로 '아내'가 또 다른 세계이면서 동시에 자신의 일상을 구성하는 필수적인 조건으로 나타나고 있는 것이다. 실제로 「오래」나 「처가에서」, 「장모」, 「아내의 잠꼬대」 그리고 「산수유」 등 '아내'가 등장하는 작품이 많다는 점은 이번 시집 『모든 꽃은 예언이다』의 특징 중 하나라고 할 수 있다. 특히 「빛이 타고 있다―아내에게」와 같은 작품에서 시인은 "건전지 한 쌍"을 부부의 상징으로 내세우고 있다. 한 쌍이 있어야만 기능을 한다는 점에서 '건전지'는 기능적 차원 '부부'의 의미와 적절하게 연관되기도 한다.

4.

4부로 구성되어 있는 『모든 꽃은 예언이다』는 각 부의 작품들을 관통하는 키워드가 비교적 선명하게 드러나 있다. 이를 다시 하나의 서사적 흐름으로 이해해 본다면 시의 존재론이 규명되는 과정이라고 할 수 있다. 처음, 사회적 현실의 모습과 또 그 속에서 부대끼며 살아가는 구체적 개인들의 일상에 대한 관심에서 출발한 시인은 그 근원에서 삶과 죽음이 교차하면서 만들어 내는 운동성을 발견한다. 그것은 곧 개인의 삶을 지탱하는 원리이자 시인에게는 시 쓰기를 지속하게 만드는 원동력이기도 하다. 실제로도 그는 무의식과 의식을 지속적으로 오가는 길항과 배반의 과정을 통해 시를 써 나가는 것으로 자신의 시 쓰기를 설명하고 있기도 하다.(「작가의 말」, 『고독한 대화』) 그렇게 시집의 마지막 즈음에 이르면 우리는 다음과 같이 아름다움 속에서 '시'의 존재를 확인할 수 있게 된다.

비구니스님 혜원이 발레 하듯 마당을 쓸고 계시다

깨끗한데 쓸고 또 쓰는
이유라는 새는 간밤에 둥지를 떠났고

천 개의 손 만 개의 날개를 가진 천지간 사람 하나

언 허공까지 쓸며 암자에서 가볍게 춤추는 여승
파 드 되, 싸릿가지 빗자루 애인

아직 어둔 새벽인데, 옛 미인 얼굴보다 환하시다

산 아래 잠든 마을 지붕마다
빨갛게 꿈이 익어서 새하얀 대추알 눈송이들

　　　　　　　　　　　　　　　—「눈 속의 발레」 전문

　이 작품을 다시 언어로 설명하는 일이 불필요하다
는 데에는 누구나 동의할 것이다. 다만 현대시의 특성
중 하나가 '단절'이라는 사실을 다시 떠올려 보면 시적
주인공인 "비구니스님 혜원"의 행위가 바로 그것의 형
상화를 나타낸다는 것을 알 수 있다. "마당을 쓸"어야
하는 처음의 "이유"로부터의 단절, 바로 이것으로 인해
'빗자루질'은 그 목적에서 벗어나 "춤"으로 도약하게 된
다. 또한 마당을 쓰는 도구였던 "싸릿가지 빗자루"도 하
나의 대상에서 벗어나 주체의 "애인"으로서 수평적 관
계를 맺을 수 있는 가능성으로 변화한다. 시란 이처럼
주체와 대상의 자유로운 도약이 만들어내는 춤, 곧 "파

드 되"이다.

『모든 꽃은 예언이다』를 읽으면서 우리는 함기석의 다른 얼굴을 처음으로 확인하게 될지도 모른다. 그리고 그가 우리와 같은 일상에 발을 붙이고 살아간다는 사실에 왠지 모를 작은 안도감을 느끼며 작품들을 읽어 갈 수도 있을 것이다. "아내의 잠꼬대"를 듣게 된 시인이 읽던 "책을 내려놓고" 잠자는 아내 곁으로 가 혹시라도 몸이 아픈건 아닌지 "아내 이마에 손"을 짚어 보는 장면(「아내의 잠꼬대」)을 목격하거나, 누군가와 이별을 한 뒤에 "밤하늘"을 쳐다보면서 "돼지고기 세 근 도려낸 생살 부위 같"다는 혼잣말을 들어 보면 생활에서 비롯한 그의 감각에 신뢰를 갖게 되기도 한다. 하지만 보다 중요한 것은 공감이나 위로가 아니라 세계를 향한 비판적 감각이며, 비판의 대상이 되는 바로 그 세계 속에 스스로를 반드시 포함시켜야 하는 시적 윤리이다. "희망"은 우리 옆에서 "같은 보폭으로" 발을 맞추어 주고 있지만 그 길을 걷는 것은 언제나 '절망'이기 때문이다.(「동행」)

모든 꽃은 예언이다

2023년 11월 13일 1판 1쇄 펴냄

지은이	함기석
펴낸이	김성규
편집	김안녕 한도연
디자인	신아영 이인영
펴낸곳	걷는사람
주소	서울 마포구 월드컵로16길 51 서교자이빌 304호
전화	02 323 2602
팩스	02 323 2603
등록	2016년 11월 18일 제25100-2016-000083호

ISBN 979-11-93412-09-1 04810
ISBN 979-11-89128-01-2 (세트)